CHAPITRE 1

SHUUU
WOW...
ENFOIRÉ !
CRAC
CRAC
TOTOKI !!
URGH...
LA FERME !
C'EST VOUS QUI AVEZ COMMENCÉ !
GRR...
PAS VRAI...?

VACILLE...
MERDE !
JE LAISSE TOMBER POUR AUJOUR-D'HUI...
MAIS JE M'EN SOU-VIENDRAI, TOTOKI !!
AÏE...
C'EST BON...
PAS LA PEINE DE T'EN SOUVENIR...
En dépit de ce qu'on pourrait croire...
Je n'aime pas par-ticulière-ment me battre,
ou me faire des ennemis parmi les élèves des autres lycées.
Mais malgré ça, sans même m'en rendre compte...
Je suis devenu un mec qui a toujours un regard noir et un mauvais comporte-ment... Je me suis habitué à l'idée d'être un voyou.
FROTTE
FROTTE
ON VA FORCÉMENT ME REMAR-QUER DANS LA RUE...
Merde, je saigne du nez...
FAIT CHIER...
JE VAIS DEVOIR PRENDRE UNE AUTRE ROUTE...
BLA BLA
BLA-BLA

CE TYPE EST COUVERT DE SANG...
NE LE RE-GARDE PAS...
IL FAIT PEUR.
Il a dû se battre...
SNIF
JE FAIS PEUR...
Ça, c'est ma routine quotidienne.
Les gens s'écartent sur mon passage...
Et maintenant...
Le seul qui se montre gentil avec moi, c'est le chien des voisins.
J'AIME PAS PARTICU-LIÈREMENT TRAÎNER AVEC LES AUTRES NON PLUS...
ET PUIS, JE ME FOUS DE CE QUE LES GENS PENSENT DE MOI...
HA HA HA !
GRR...
ET LÀ, LE TYPE DE LA CLASSE 2 A...
MAIS BON...
PAF !
AH, PARD...

MH ?
GYAAH !!
TOTOKI !!
BOBOM ビクッ
D… DÉSOLÉ !!
JE REGARDAIS PAS DEVANT MOI…
HA HA HA !
OK…
JE CROIS BIEN QUE CE MEC EST DANS MA CLASSE…
TAP…
TOTOKI,
TU AS FAIT TOMBER TON TÉLÉPHONE.
BOBOM ギクッ
HEUREUSEMENT QU'IL N'EST PAS CASSÉ !
!!
GLOUPS
TIENS ?
Teo Yoshizawa ?!

COMMENT TU T'ES FAIT TOUTES CES BLESSURES ?
PENCHE
FUIP
ÇA A L'AIR UN PEU GONFLÉ... TU DEVRAIS LES
DÉSINFECTER...
TREMBLE
BLUUUSH...
TREMBLE
!!
....!!
WHAM !!
AH...
DIS DONC, T'AS PAS PEUR D'ADRESSER LA PAROLE À TOTOKI, TOI ?
Si tu te moques de lui, tu vas te faire frapper...
VACILLE
VACILLE
VOUS AVEZ VU...?
QUOI ?
NON, RIEN...
ALLONS-Y.
Voilà à quoi ressemble ma vie.
Personne ne me témoigne un brin de gentillesse.

Personne ...
À part lui.
WOW...
WOW, WOW, WOW !
BOBOM
BOBOM
Il a prononcé mon nom !!
Il s'est fait du souci pour moi !
BOBOM
AH, MERDE...
J'AI LES LARMES AUX YEUX...
Quelle super journée !!
BOBOM
BOBOM
Je me fiche de ce que les autres pensent de moi...
tant que lui ne me déteste pas.
En réalité,
Je suis amoureux de Teo Yoshizawa.
AH !!
MERDE !! JE CROIS QUE...
JE L'AI IGNORÉ !!
キーンコーンカーンコーン…
DIIING
DOOONG
DIIING
DOOONG
ざわざわ
BROUHAHA

BROUHAHA
ざわ
FUAH...
J'SUIS FATIGUÉ...
BROUHAHA
ざわ
JE VAIS VITE BOUFFER POUR AVOIR LE TEMPS DE FAIRE UNE SIESTE...
MH ?
Ouais, devant la gare...
HA HA HA !
On y va tous ensemble ?
Yoshizawa...
J'ai des choses à faire pour l'école...
Oh non !
Après, alors ?
N'empêche...
COMME TOUJOURS, IL EST ENTOURÉ DE MONDE...
Lui et moi, on vit vraiment dans deux mondes différents.
Vite...
Mon déjeuner...
PASSE...
ス
!!

EH ?
TOTOKI !
ATTENDS, JE DOIS TE PARLER !
!!
SMILE
TU VEUX BIEN VENIR AVEC MOI UN INSTANT ?
ME...
PARLER...?
TADAM
TIENS !
C'EST POUR M'EXCUSER DE T'AVOIR SAUTÉ DES-SUS SANS PRÉVENIR.
T'EXCU-SER...?
ET DONC,
PAR RAPPORT À CE QUE JE VOULAIS TE DIRE...

Yoshizawa m'a... donné une boisson...
O... OK...
TU N'AS PAS SOIF ?
QUOI ?
HEIN ? NON... ENFIN...
Je veux dire, si !
HIER, QUAND ON S'EST RENCONTRÉS...
TU ES PARTI SOUDAINEMENT.
!!
T'INQUIÈTE PAS, JE NE SUIS PAS EN COLÈRE.
GLOUPS
ギクッ
MAIS...
TA TÊTE, À CE MOMENT-LÀ...
...?
COMMENT DIRE...
MA TÊTE...?
OUUH...
IL M'A EMMENÉ ICI POUR ME PARLER DE MES BLESSURES AU VISAGE ? PEUT-ÊTRE QU'IL S'INQUIÈTE VRAIMENT POUR MOI ?!
TOTOKI...

TU ES AMOUREUX DE MOI, NON ?
FUIP
!!
QUOI ?? TU… TU TE TR… TU TE…
SI JE ME TROMPE, DIS-LE CLAIRE-MENT.
TU TE TR… TU TE TROM…
TU TE TROM-PES !!
C'EST FAUX. EN FAIT, JE T'ADORE.
あわ PANIQUE
PANIQUE あわ
LA TÊTE QUE TU FAIS…
GRAAH !
C'EST QUOI LE PRO-BLÈME AVEC MA TÊTE, BORDEL ?!

JE NE VEUX PAS TE DONNER D'ESPOIRS...
MAIS J'AI QUELQUE CHOSE À TE PROPOSER.
COMMENT IL L'A SU ? COMMENT IL L'A SU ?
COMMENT ? COMMENT ?!
HEIN ?!
ET SI ON SORTAIT ENSEMBLE ?
.....
QUOI ?!
A... ATTENDS...
QU'EST-CE QUE... TU VIENS DE DIRE ...?
POUR ÊTRE HONNÊTE...
JE SUIS SORTI AVEC PAS MAL DE FILLES...
MAIS JE NE SUIS JAMAIS TOMBÉ AMOUREUX.
JE N'EN SUIS PAS SÛR, MAIS JE ME DIS QUE JE SUIS PEUT-ÊTRE GAY...

JE VOUDRAIS ÊTRE CERTAIN…
AVEC UN MEC, JE POURRAIS PEUT-ÊTRE TOMBER AMOUREUX.
……
C'est quoi, ça ?
Je suis juste une expérimentation, alors ?
P…
POURQUOI MOI…?
DÉSOLÉ, ÇA DOIT TE PARAÎTRE BIZARRE, CETTE HISTOIRE !
GRIP
SI ON PASSAIT DU TEMPS ENSEMBLE,
JE SUIS SÛR QUE JE POURRAIS TOMBER AMOUREUX DE TOI !
BOBOM
ET… ET SI JAMAIS TU NE TOMBES PAS AMOUREUX, QU'EST-CE QUI VA SE PASSER ?
JE TE DIRAI «JE SUIS LA PIRE ORDURE AU MONDE, DÉSOLÉ DE T'AVOIR EMBARQUÉ DANS CETTE HISTOIRE».
ARGH !
J'AU-RAIS PAS DÛ POSER LA QUES-TION !

SMILE
IL N'Y A QU'À TOI QUE JE PEUX DEMANDER ÇA...
BAM
GYUP
GLING
......
GLING
JE T'EN PRIE, TOTOKI...
Finalement, j'ai pas réfléchi avant d'accepter...
BOBOM !
BOBOM !
BOBOM !
BOBOM !
IL VA TOMBER AMOUREUX DE MOI ?
C'EST POSSIBLE, CE GENRE DE TRUCS ?
IL N'Y A RIEN À AIMER CHEZ MOI... JUSTE DES TRUCS À DÉTESTER.
SÉRIEUX, IL A DEMANDÉ À LA MAUVAISE PERSONNE...

Mais si jamais il tombait vraiment amoureux de moi...
GRIP...
ON SE-RAIT... EN COUPLE ?
J'ARRIVE PAS À L'IMAGINER...
C'est l'occasion ou jamais...
Allez !
TOTOKI !
ON RENTRE ENSEMBLE ?
....!!
J'AI ATTENDU CE JOUR SI LONG-TEMPS !
TREMBLE
TREMBLE
MERDE, J'EN TREMBLE !!
.....
ÇA VALAIT LA PEINE DE TE DEMANDER, RIEN QUE POUR TE VOIR AUSSI HEUREUX...
!?
Comment il s'en est rendu compte ?
Mais quand même...
FROTTE

LES AUTRES...
NOUS REGARDENT...
DIS-MOI...
ÇA TE DIT DE T'ARRÊTER QUELQUE PART SUR LE CHEMIN DU RETOUR ?
!!
UNE SORTE DE RENDEZ-VOUS APRÈS LES COURS, QUOI.
REND...
Rendez-vous ?!
O..
OK !!
TU VERRAIS TA TÊTE, TOTOKI...
ARRÊTE AVEC MA TÊTE !
C'est vrai...
Je me fiche de ce que les autres pensent.

Pour l'instant ...
Je dois juste penser à Yoshizawa !
男を虜にする10のテクニック
REGARDER À TRAVERS SES CILS... SE MONTRER TACTILE...
NÉGOCIATIONS AMOUREUSES...? C'EST QUOI, ÇA ?
LES FILLES CALCULENT MÊME LE TEMPS QU'ELLES METTENT AVANT DE RENCONTRER LE REGARD DU GARÇON ?
ET JE NE PEUX PAS ME MONTRER TACTILE...
MON CŒUR EXPLOSERAIT...
HMMM...
DÉSOLÉ POUR L'ATTENTE...
J'AI TERMINÉ MES ACHATS, ON Y VA ?
On va manger quelque chose ?
OK...

Je suis nerveux...
Je ne sais pas du tout ce que je dois faire...
MIAM
TU N'ARRÊTES PAS DE ME REGARDER DEPUIS TOUT À L'HEURE...
POURQUOI ?
ARGH !
!?

TOUJOURS REGARDER LE PARTENAIRE...
C'ÉTAIT CE QUE DISAIT LE MAGAZINE !
?
NAN, POUR RIEN...
Je peux pas lui dire...
AH BON...
Moi, j'ai le cœur qui tambourine comme un dingue...
ET IL Y A UNE NOUVELLE BOUTIQUE QUI A OUVERT DANS UNE PETITE RUE...
JE VOULAIS ALLER VOIR...
Mais lui, il a pas changé d'expression une seule fois...
C'EST LÀ-BAS QUE...
.....
TU M'ÉCOUTES, TOTOKI ?
BOBOM !!
JE... JE T'ÉCOUTE !
ÇA VEUT DIRE QUE TU M'ÉCOUTAIS PAS.
DÉSOLÉ...
QUAND JE SUIS AVEC TOI, MON ESPRIT TOURNE À CENT À L'HEURE...
ET DU COUP...
.....
...ARGH ...!

Pourquoi j'ai dit un truc aussi embarras-sant ?!
JE SAIS PAS CE QUE JE DIS...
DÉSOLÉ, OUBLIE...
TREMBLE
JE NE RISQUE PAS D'OU-BLIER...
JE NE M'ATTEN-DAIS PAS À CE QUE TU SOIS AUSSI ADO-RABLE.
LES GENS DE LA CLASSE SE TROMPENT À TON SUJET.
....
NON... J'AI UNE TÊTE QUI FAIT PEUR...
MAIS NON.
RIEN QUE QUAND JE MARCHE, ON ME PREND POUR UN VOYOU...
ALORS, C'EST TOI LA VICTIME.
QUAND ON ME FRAPPE, JE FRAPPE AUSSI...
IL FAUT BIEN QUE TU TE DÉ-FENDES...
CRIIIC
CE N'EST PAS POUR ÇA QUE JE VAIS TE DÉTESTER.
PARLE-MOI DE TOI.
JE VEUX EN SAVOIR PLUS À TON SUJET.
Jusque là...
OUIIINNN...
!!

J'étais habitué à être seul.
TU PLEURES PLUS FACILEMENT QUE JE NE L'AURAIS CRU...
Je n'avais jamais pris ça pour de la solitude.
Mais...
Je ne savais pas que c'était si amusant de passer du temps avec quelqu'un qu'on aime.
Je fais de la vapeur avec ma bouche...
IL COMMENCE À FAIRE FROID, QUAND LA NUIT TOMBE.
ON VA BIENTÔT DEVOIR METTRE DES ÉCHARPES.
MMH...
LE TEMPS PASSE TROP VITE...
TU N'AS PAS ENVIE DE RENTRER CHEZ TOI ?
ドキッ
BOBOM
!!
COMMENT TU FAIS POUR LIRE DANS MES PENSÉES ?!
MMH...
BAH, C'EST PARCE QUE JE PENSE À LA MÊME CHOSE.

ON PARLE ENCORE UN PEU ?
ぎゅう
GRIP
C'EST AGRÉABLE...
DE PASSER DU TEMPS AVEC TOI.
AAH...
J'ai l'impression de vivre un rêve.
JE SUIS EN RETARD... YOSHIZAWA VA M'AT-TENDRE...
Fait chier...
JE ME SUIS FAIT ARRÊTER PAR UN PROF EN SORTANT DES COURS...
HÉ,
POUR-QUOI T'ES TOUJOURS EN TRAIN DE TRAÎNER AVEC TO-TOKI, EN CE MOMENT ?

TU DEVRAIS ARRÊTER.
IL VA T'EMBARQUER DANS DES COMBINES PAS NETTES.
L'AUTRE JOUR, IL S'EST DISPUTÉ AVEC DES TYPES D'UN AUTRE LYCÉE...
SI VOUS ÊTES VUS ENSEMBLE, TU VAS AVOIR DES PROBLÈMES.
NE VOUS INQUIÉTEZ PAS POUR ÇA.
DIS-MOI QUAND MÊME...
C'est Yoshizawa...
et ses copains de classe...
POURQUOI TU VEUX DEVENIR AMI AVEC LUI ?
CRIIIC...
MÊME SI C'EST POUR T'AMUSER,
N'IMPORTE QUI D'AUTRE VAUT MIEUX QUE LUI.
ÇA NE T'APPORTERA RIEN DE BON DE TRAÎNER AVEC TOTOKI.
BOBOM
!

TOUT LE MONDE S'INQUIÈTE POUR TOI.
Ça ne lui apportera rien de bon...
de traîner avec moi...
Oui... S'il reste avec moi...
On ne sait pas ce qui pourrait lui arriver...
Et moi qui me réjouissais...!
TOTOKI EST QUELQU'UN DE BIEN.
MOI,
JE L'AIME BEAUCOUP.

ガタン
CLAC
!
TO...
TOTOKI...
QUOI ?
JE SUIS VENU RÉCUPÉRER MON SAC.
.....
TOTOKI...
.....
CLAC
ILS N'ONT PAS TORT.
SI TU RESTES AVEC MOI, IL POURRAIT T'ARRIVER DES ENNUIS.
CE SERAIT CON.
ALORS... NE M'APPROCHE PLUS,
YOSHIZAWA.

CLAC
カララ…
TOTOKI !
.....
Il m'aime...?
Malgré tout, quand ça vient de lui...
Ça me fait plaisir...
PEUT-ÊTRE QU'IL VOULAIT PASSER ENCORE DU TEMPS AVEC MOI ?
MAIS... C'ÉTAIT MIEUX D'Y METTRE FIN AVANT QU'IL Y AIT DES PROBLÈMES, NON...?
S'il devait lui arriver quelque chose à cause de moi...
Je ne me le pardonnerais jamais.
GRIP
!!

WHAM
QU…
QU'EST-CE QUE TU VEUX DIRE PAR «NE M'APPROCHE PLUS» ?
EH !
ME SUIS PAS !
RETOURNE AVEC TES POTES ! LAISSE-MOI SEUL.
JE T'AI DEMANDÉ CE QUE ÇA VOULAIT DIRE.
....!
IL FAUT QU'ON ARRÊTE TOUT ÇA !
TES AMIS DISAIENT LA MÊME CHOSE.
ÇA M'EST ÉGAL.
POURQUOI ON DEVRAIT S'ÉLOIGNER L'UN DE L'AUTRE ?
!

Pourquoi...?
À ton avis ?
Pour ton propre bien !
....!
ET TOI, ALORS ?
POURQUOI TU ESSAIES DE M'ARRÊTER ?
RESTER AVEC MOI, C'EST JUSTE UNE EXPÉRIMENTATION, POUR TOI !
QU'EST-CE QUE ÇA PEUT TE FAIRE SI ON Y MET FIN ?
COMME ÇA, TU N'AS PAS BESOIN DE TOMBER AMOUREUX DE MOI !

LÂCHE-MOI...
JE VAIS RENTRER SEUL.
C'est très bien comme ça...
Le rêve ne pouvait pas durer.
.....
TOTOKI...
はっ
AH...
TU NE PENSES PAS ÇA SÉRIEUSEMENT...

Comment il fait...
Pour toujours réussir...
À savoir ce que je pense...
J'AI PEUR...
ET S'IL T'ARRIVAIT UN TRUC À CAUSE DE MOI ?
SI C'ÉTAIT LE CAS, TU REGRETTE-RAIS D'AVOIR VOULU QU'ON SORTE ENSEMBLE...
ET J'AI PAS ENVIE...
JE NE VEUX PAS QUE TU ME DÉTESTES.

POF
TOURNE-TOI PAR ICI.
....!
NON, JE...
VLOUP
!?
C'EST PAS GRAVE.
TU PLEURES ENCORE...
.....
LA FERME... JE SAIS QUE C'EST MINABLE...
SNIF

IDIOT.
JE NE PEUX PAS TE LAISSER SEUL...
QUAND TU DIS DE TELLES CHOSES AVEC UNE TÊTE PAREILLE.
JE VEUX RESTER À TES CÔTÉS.

!
GRIP
JE T'AI DIT QUE JE VOULAIS EN SAVOIR PLUS SUR TOI...
TOTOKI.
Je pensais que le rêve allait prendre fin...
Mais finalement...
On dirait que non.
AAH...

T'ES VRAIMENT UN TYPE ADORABLE.
JE SUIS SÛR QUE LES AUTRES FINIRONT PAR S'EN APERCEVOIR.
S'ils te regardent quand tu es avec moi...
TU AS DIT QUELQUE CHOSE ?
NON...
JE ME DISAIS JUSTE QUE C'ÉTAIT DOMMAGE.
?
GRIP
TU VIENS, TOTOKI ?
ON MANGE UN BOUT AVANT DE RENTRER ?
!
OK...
ALLONS-Y.

JUSTE PARCE QUE JE T'AIME

CHAPITRE 2

TAKERU !
TU COMPTES RESTER ENFERMÉ DANS TA CHAMBRE ENCORE LONG-TEMPS ?!
C'EST L'HEURE DE MANGER, ALORS DESCENDS, S'IL TE PLAÎT !
CRIIIC...
TON FRÈRE EST BIZARRE, CES DERNIERS TEMPS...
ENFIN, IL A TOUJOURS ÉTÉ ASOCIAL...
TU ES AU COURANT DE QUELQUE CHOSE ?
NON...
PEUT-ÊTRE QU'IL S'EST TROUVÉ UNE COPINE.
......

Ça fait un mois que Yoshizawa et moi sommes en «couple».
COUPLE...
HOMO-SEXUEL...
COMMENT...
COUCHER EN-SEMBLE...
TREMBLE
BLUUUSH...
J'PEUX PAS REGARDER !!
AAAAAH !!
HÉ, TAKERU, ON MANGE !
QU'EST-CE QUE TU FICHES ?
Pour l'instant ...
Je suis incapable de sauter le pas.
ZZZZ...
ZZZ
ZZZ
Com-ment je vais faire ?
SLUUURP
T... TOTOKI-KUN...

HUM...
LE... LE PROCHAIN COURS AURA LIEU DANS UNE AUTRE SALLE, ALORS...
CE SERA DANS LA SALLE AUDIOVISUELLE...
TU POURRAS LE DIRE À YOSHIZAWA ?
Vu qu'il est en train de dormir...
.....
OUI...
SMILE...
O... OK...
BLUSH...
!
IL... IL A SOURI ?!
AH...
MERCI !
TREMBLE
JE SUIS PAS HABITUÉ...
TREMBLE
KYAAH ! KYAAH !
MAIS T'AS TRÈS BIEN RÉUSSI !

MAIS TU ROUGIS TOUJOURS AUSSI FACILEMENT.
EH, JE CROYAIS QUE TU DORMAIS...
JE PENSAIS QUE LES CHOSES CHANGERAIENT...
QUAND LES AUTRES DÉCOUVRIRAIENT QUE TU ES UN TYPE SYMPA,
MAIS C'EST ENCORE DIFFICILE QUAND LES FILLES T'APPROCHENT, HEIN ?
MON TOTOKI À MOI !
ELLES M'APPROCHAIENT PAS...
COMMENT T'APPELLES ÇA, ALORS ?
ENFIN, C'EST PAS GRAVE.
EN CONTINUANT À LEUR PARLER COMME ÇA DE TEMPS EN TEMPS,
ILS T'ACCEPTERONT PLUS FACILEMENT DANS LA CLASSE.
.....
TU CROIS...?
MAIS OUI !
AH, J'AI PLUS D'EAU...
En ce moment...

Mes journées sont incroyablement paisibles.
Petit à petit, j'ai l'impression que c'est plus facile de supporter le regard des autres.
SOURIRE...
EUH, TU FAIS UN PEU PEUR, LÀ...
J'évite les bastons inutiles...
Je me montre gentil envers les autres...
ATTENDS, ENFOIRÉ !
FUYONS, FUYONS !
HUMMM...
TOUT ÇA, C'EST GRÂCE À LUI...
SI ON CHANGE DE SALLE, FAUDRAIT PARTIR UN PEU PLUS TÔT...
FUAAH...
IL EST TROP BEAU...
BOBOM
BOBOM
Encore maintenant, j'ai du mal à réaliser qu'on sort ensemble.

JE SUIS ENCORE FATIGUÉ...
J'AI ENVIE DE LE TOU-CHER...
J'AI ENVIE QU'ON FASSE PLUS DE TRUCS DE COUPLE...
MAIS...
.....
QUOI ?
RIEN !!
ARGH !
HUM...
Je peux pas ! Impos-sible !
Je suis vraiment trop nul !!
OUIN...
OUIN...
JE SAIS PAS POURQUOI TU PANIQUES D'UN COUP, MAIS...
JE TE PRENDS UNE GORGÉE DE CAFÉ, OK ?
HÉ, TOTOKI, SI TU N'AS RIEN DE PRÉVU, ÇA TE DIRAIT QU'ON PASSE LA JOURNÉE ENSEMBLE DEMAIN ?
J'AI REPÉRÉ UNE BOUTIQUE SYMPA,
ÇA ME FERAIT PLAISIR QU'ON Y AILLE EN-SEMBLE.
OK !!
OK, ALORS RENDEZ-VOUS À 11H DEVANT LA GARE.
Ouah, quel enthousiasme, d'un coup...

Est-ce que c'est une bonne idée, quand même ?
Après tout...
TOTOKI !
BROUHAHA
BROUHAHA
Je suis encore juste un lycéen !
Autrement dit : pur et innocent.
S...
SALUT...
J'ai envie qu'on ait une relation plus spéciale, bien sûr...
ON VA OÙ ?
HMM...
JE SUIS PASSÉ DEVANT UNE BOUTIQUE L'AUTRE JOUR...
JE SAVAIS PAS TROP QUEL GENRE C'ÉTAIT, ALORS...
Ça m'a intrigué...
SÉRIEUX ?
Mais au fond, là maintenant, je suis par-faitement heureux.
Je suis sûr que Yoshizawa pense la même chose.
Si on est tous les deux satisfaits...
Elle était bizarre, cette boutique !
Autant continuer comme ça...

VROOOM
ブロロ…
CLAC
ガヤ
CLAC
ガヤ
OUAH, IL EST TARD...
ざわ
BROUHAHA
POOOON
ON DEVRAIT BIENTÔT RENTRER, NON ?
DÉSOLÉ DE T'AVOIR ENTRAÎNÉ PARTOUT AVEC MOI !
MAIS NON...
ざわ
BROUHAHA
ET VOILÀ QUE TU RECOMMENCES À AVOIR L'AIR TRISTE...
TU NE VEUX PAS QU'ON SE QUITTE ?
!?
ARGH !
J... J'AI PAS L'AIR TRISTE !
HAHAHA
SI, SI !
URGH
TOTOKI, VIENS PAR ICI UN INSTANT...
....?

TIRE
YOSHI-ZAWA ?
TIRE
TU M'EMMÈNES ENCORE QUELQUE PART ?
POF
ドッ
EUH...
AT-TENDS...
BOBOM
ドッ
Y... YOSHI-ZAWA ?
BOBOM
ドッ
BOBOM
ドッ
T'ES PLUS GRAND QUE MOI...
ÇA RISQUE DE FAIRE UN PEU MAL, MAIS BON...

BOBOM
ON N'EST PAS ENCORE HABITUÉS...
MAIS ON VA ESSAYER.
BISOU
ちゅ
!?
BLUUUUSH...
!!!
PAF
OUPS !
AH...

C'EST PAS CE QUE...
.....
C'EST JUSTE QUE...
TU M'AS SURPRIS...
TU SAIS, JE ME DIS QUELQUE CHOSE...
FINALEMENT, TOI ET MOI...
ON SE COMPORTE JUSTE COMME DES AMIS.
!?
ON SE VOIT DEMAIN À L'ÉCOLE.
J'ai tout gâché !!

Finalement, on ne peut pas conti-nuer comme ça !
HAA...
HAA...
VU LA FAÇON DONT IL A DIT ÇA...
CRIII
ÇA MONTRAIT QU'IL ÉTAIT PAS SATISFAIT DE NOTRE RELATION.
MAIS...
BAM
COMMENT FAIRE...?
Couple gay
PANIQUE
SEXE
Façon de faire
Recherche
PANIQUE
ARGH !
MAIS C'EST IMPOSSIBLE !
GRAAAAH !!
UN MOIS QUE VOUS SORTEZ EN-SEMBLE, ET IL S'EST RIEN PASSÉ ? JE TE CROIS PAS !
SURSAUTE
!?
QUOI ?!
Petite sœur
C'EST LA VOIX DE HINA ?
BIEN SÛR QUE NON !
TU PEUX PAS RESTER SANS RIEN FAIRE.

SI TU N'ARRIVES MÊME PAS À L'EMBRASSER,
IL VA PENSER QUE TU ES NULLE.
DE NOS JOURS, MÊME LES COLLÉGIENS COUCHENT ENSEMBLE...
TU DOIS FAIRE QUELQUE CHOSE.
QUOI ?! C'EST VRAI ?!
ATTENDS !
ALORS C'EST OBLIGATOIRE, QUAND ON SORT ENSEMBLE ?!
YOSHIZAWA AUSSI ATTEND LA MÊME CHOSE DE MOI ?
ÇA CRAINT !
UUUUUUUH...
Je suis dans le pétrin !!
J'Y CROIS PAS !
TON COPAIN EST PROBABLEMENT MÉCONTENT DE LA SITUATION.
SI TU NE VEUX PAS QU'IL TE QUITTE,
ARGH...
DÉPÊCHE-TOI DE FAIRE QUELQUE CHOSE.

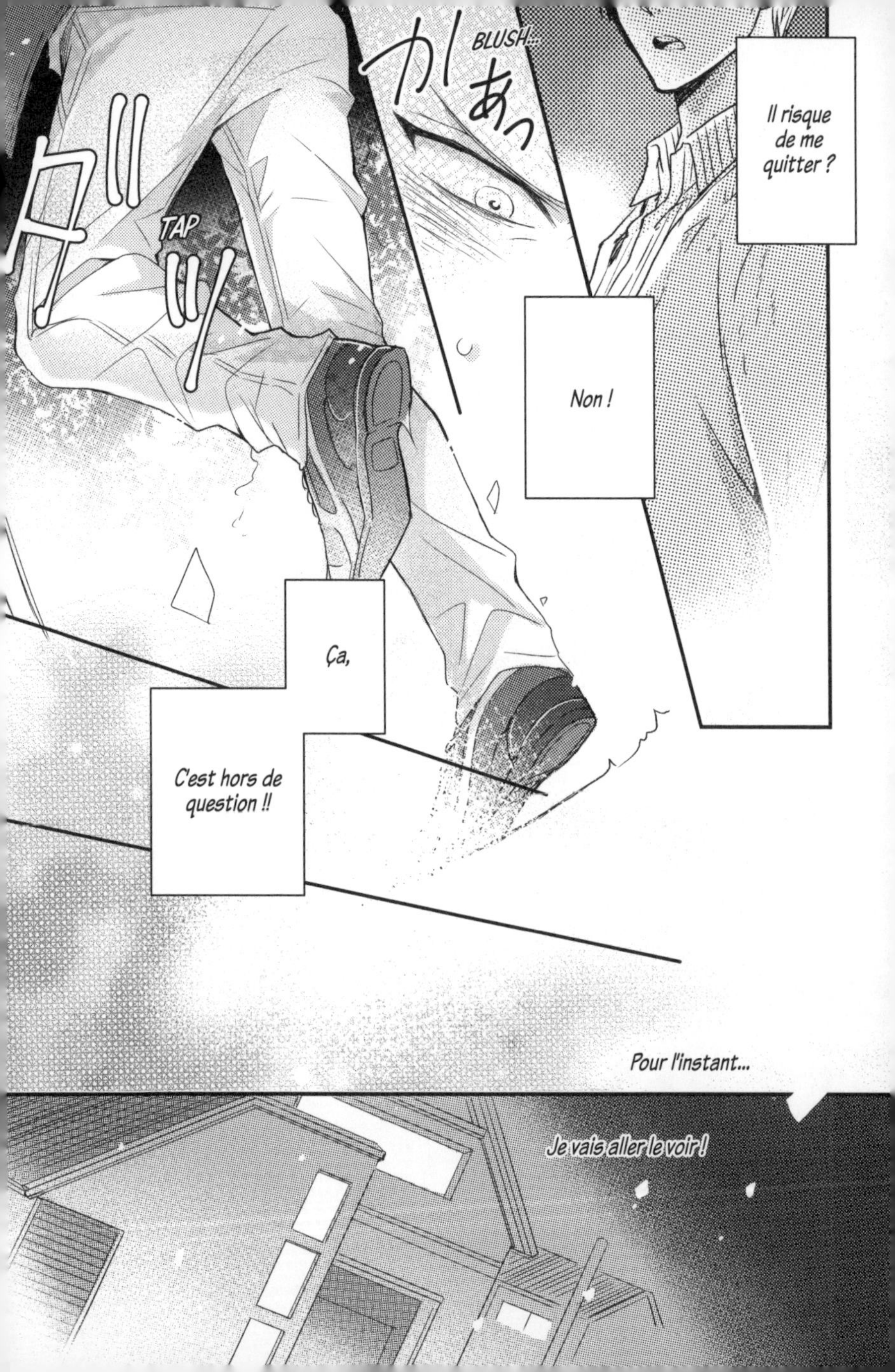
Il risque de me quitter ?
かぁっ
BLUSH...
タッ
TAP
Non !
Ça,
C'est hors de question !!
Pour l'instant...
Je vais aller le voir !

EUH...
HAA
HAA
TOTOKI ?
SALUT...
TU AS L'AIR CREVÉ, ÇA VA ?
Quelle surprise...
TU VEUX ENTRER ?
O... OK...
ガチャ
TCHAC
TU VEUX DU CAFÉ ?
C'EST LA PREMIÈRE FOIS QUE TU VIENS SANS PRÉVENIR...
DÉSO-LÉ...
C'EST PAS GRAVE.
C'EST À CAUSE DE CE QUE J'AI DIT TOUT À L'HEURE, HEIN ?
C'EST MOI QUI SUIS DÉSOLÉ.
.....

CRIIIC...
TU AS DIT QU'ON SE COMPORTAIT JUSTE COMME DES AMIS...
OUI.
JE...
JE VOUDRAIS FAIRE DES CHOSES DE COUPLE AVEC TOI...
.....
TU COMPRENDS CE QUE ÇA VEUT DIRE, QUAND TU DIS ÇA ?
BLUUUSH...
.....
TIRE
OUI, JE COMPRENDS !

GRIP
!!
MH...
GLISSE...
MMH...!!
PLAF
HAA...
......
TOTOKI ?
EUH...
BOBOM
BOBOM

BOBOM
Merde !
Mon cœur va exploser !
BOBOM
ALLONGÉ...
BOBOM
BOBOM
......
FLOUP...
ALLEZ, RE-PRENDS-TOI...
ÇA DOIT ÊTRE PAREIL QU'AVEC UNE FILLE, NON ?
JE LE DÉSHA-BILLE, JE TOUCHE SON CORPS...
ET APRÈS ÇA...
Et après ça...?
BOBOM !
TU CONTI-NUES ?
ARGH
BOBOM
AT-TENDS...
EN FAIT, TU NE SAIS PAS COMMENT FAIRE ?
!!

C...
C'EST PAS ÇA...
ARGH !!
ÇA ME RASSURE...
T'ES VRAIMENT TROP MIGNON.
HI HI HI...
JE... JE SUIS PAS MIGNON !!
TOTOKI, C'EST PAS GRAVE SI TU NE SAIS PAS COMMENT FAIRE.
GRIP
HEIN...?
QU'EST-CE QUE...
W...
PLAF
WOAH !
JE VAIS TE MONTRER.
CRIIIC
LAISSE-MOI TE PRENDRE.
!?
!?

HEIN ?!
ME QUOI ?!
JE NE PENSAIS PAS QUE TU ME POUSSERAIS SUR LE LIT...
ÇA M'A SURPRIS !
HI HI !
HI HI !
JE ME SUIS DEMANDÉ CE QUE J'ALLAIS FAIRE SI TU CONTINUAIS SUR CETTE VOIE-LÀ !
MAIS...
JE SUIS VRAIMENT CONTENT QUE TU EN AIES ENVIE AUSSI.
FUIP...
BOBOM
!!
BLUSH...
AH... JE...
Me prendre ?
Il veut...
Me...?
TREMBLE
DIS... QUAND TU DIS...
QUE TU VEUX ME PRENDRE...
TREMBLE
QU'EST-CE QUE TU VEUX DIRE PAR LÀ ?

BLUSH...
C'EST IMPOSSIBLE, APRÈS TOUT...
FUIP...
TU ES ENCORE PLUS SEXY QUE JE NE L'AVAIS IMAGINÉ...
AH...
HEIN ??
IMAGINÉ ? QUOI ?
SERRE...
SI TU N'AIMES PAS ÇA, J'ARRÊTERAI...
ÇA NE TE PLAÎT PAS ?
EUH...
HEIN ?
BIEN SÛR QUE SI...
APRÈS TOUT...

Si je suis venu ici...
C'était parce que j'en avais envie...
GHH...
FLOUP
HAA...
FLOUP
HAA...
HAA...
TU AS L'AIR DE T'ÊTRE HABITUÉ...
ÇA NE FAIT PAS MAL ?
CRIIC...
NNHH...
HAA...
HAA...
CRIIC
HAA...
N... NON...
.....
D... DIS...
CRIIC
J'EN AI ASSEZ DE CETTE POSITION...

GUTCH
DÉSOLÉ...
MAIS C'EST PLUS PRATIQUE QUE DE LEVER LES JAMBES, NON ?
HAA...
MAIS J'AI TROP HONTE...
JE VAIS EXPLOSER...
HAA...
HU HU
JE PEUX T'ATTACHER, SI TU VEUX ?
MAIS ON VA PLUTÔT GARDER ÇA POUR LA PROCHAINE FOIS...
N'EMPÊCHE, TU ES FAIT POUR ÇA...
GRIP
BOBOM !
BOBOM !
....!!!
SERRE...
TU RESSENS TOUT AVEC TELLEMENT D'INTENSITÉ...
HHH...
.....
NON...
JE...

FUAH...
C'EST QUE...
QUAND JE ME DIS...
QUE TU ES EN TRAIN DE ME TOUCHER...
HAA...
HAA...
BOBOM
C'EST TROP BON...
BOBOM
DÉSOLÉ...
JE DIS DES TRUCS BIZARRES...
FRISSON...
FRISSON...
....!!
MERDE...!
FRANCHEMENT...
GRIP...
SERRE...
C'EST PAS DU JEU DE DIRE ÇA...!

CRIIIC...
MERDE, JE TIENS PAS...
WHAM
AH...
AAH...!
BOBOM
FLOUP
HAA...
FLOUP
BOBOM
...!!
O... OUAAH...!
BOBOM
FLOUP...
HAA...
FLOUP
MMMH...!

ÇA FAIT MAL ?
CRIIC...
CRIIC
HAA...
FRISSON
NNH...
CRIIC
AH...
.....
CRIIC...
N... NON...
GRIP
.....
JE T'...
HAA...
HAA...
HEIN...?
SEEEEERRE...
TOTOKI ?
Je peux plus bouger...
HAA...
AH...
T'AIME...
HAA...
HAA...
HAA...
HAA...
JE T'AIME...
HAA...

BLUUUSH...
かあっ
YOSHIZAWA...
HAA...
T'ES...
PAS POSSIBLE...
....!
WHAM
SMACK
GRIP
MOI AUSSI, JE T'AIME,
TOTOKI...

BEN...
POUR ÊTRE HONNÊTE, JE N'ÉTAIS PAS SI PRESSÉ QUE ÇA QU'ON COUCHE ENSEMBLE...
Mais tu es tellement innocent...
Pendant un moment, j'ai cru qu'on n'y arriverait pas...
!?
QU... QUOI ?!
MAIS ALORS...
Ne t'agite pas trop...
Hmmm...
TU AS PROBABLEMENT DÛ MAL COMPRENDRE LA SITUATION, NON ?
ET TA PETITE SŒUR A ENFONCÉ LE CLOU !
SNIF...
JE VAIS ALLER M'ENTERRER QUELQUE PART...
SNIF...
PAS LA PEINE D'ÊTRE AUSSI GÊNÉ !
ON A FAIT UN GROS PAS EN AVANT, COMME ÇA !
ON VA PRENDRE UN BAIN ENSEMBLE ?
!?
Heureusement que mes parents ne sont pas là, n'empêche...

Juste parce que je t'aime

CHAPITRE 3

Voyage d'été

BOBOM
YOSHIZAWA ?!
SERRE...
LE PROF A DIT QU'IL FALLAIT TOUJOURS RESTER EN GROUPE...
ON VA MANGER ENSEMBLE...
POUF
URGH
URGH
FAIT CHAUD...
C'EST HORRIBLE D'ÊTRE L'UN CONTRE L'AUTRE PAR CETTE CHALEUR...
COLLÉ...
BEN LÂCHE-MOI, ALORS !!
ÇA FAIT DÉJÀ UNE SEMAINE DEPUIS LE DÉBUT DU VOYAGE...
ET ON NE S'EST JAMAIS RETROUVÉS SEULS...

JE SUIS EN MANQUE DE TOI, TOTOKI...
MIOM もぐ
MIOM もぐ
HEIN ? N'IMPORTE QUOI...
JE SUIS SÉRIEUX.
Peut-être que je me fais des idées, mais ces derniers temps...
Ou plutôt, depuis la première fois qu'on a couché ensemble...
J'ai l'impression que Yoshizawa a un peu changé.
DIS...
TU TROUVES PAS QUE T'ES DRÔLEMENT COLLANT, EN CE MOMENT ?
FROTTE
MOUI... JE ME SUIS DIT LA MÊME CHOSE...
MOI AUSSI, ÇA ME REND PERPLEXE...
FROTTE
Ils sont vachement proches, ces deux-là...
PER-PLEXE...?

JE ME SUIS DEMANDÉ SI CE N'ÉTAIT PAS DE LA POSSESSIVITÉ...
MAIS AU DÉBUT, ÇA ALLAIT...
ATTENDS, TU...
AH !!
キャッ
KYAH !
キャッ
KYAH !
TEO !!
DIS, TU VEUX VENIR À L'AQUARIUM AVEC NOUS DEMAIN ?!
Comme toujours, il a du succès...
EEEEH ??
DÉSOLÉ, MAIS J'Y VAIS AVEC LES GARÇONS...
AU FAIT, JE VOULAIS TE DIRE...
Finalement, il a pas voulu...
Trop deg !
OUAIS !
DANS CE GENRE DE VOYAGE, TOUT LE MONDE DEVIENT UN PEU PLUS AUDACIEUX...
ALORS FAIS ATTENTION À NE PAS ÊTRE PRIS POUR CIBLE PAR LES FILLES, TOI AUSSI.

HEIN ?
COMME SI C'ÉTAIT POS-SIBLE...
TU VOIS, C'EST JUSTEMENT À CAUSE DE CE GENRE DE RÉACTION QUE JE M'IN-QUIÈTE.
Il s'inquiète ?
Pour moi ?
IL A OUBLIÉ UN TRUC...
TOUT LE MONDE ME DÉTESTE.
SPLASH...
ALORS...

BROUHAHA
205...
C'EST ICI.
BROUHAHA
C'EST UNE CHAMBRE DE DEUX...
C'EST PEUT-ÊTRE PAS PLUS MAL QUE JE NE SOIS PAS AVEC YOSHIZAWA.
S... Salut...
YO.
Son coloc provisoire, Tanaka.
Hé, la porte veut pas s'ouvrir !
Hein ?
J'aurais été trop stressé de dormir avec lui...
T... TOTOKI-KUN !
!!
EUH...
JE VOUDRAIS TE PARLER...
NERVEUSE...
TU AS UN PEU TEMPS ?
Me parler ?
....?

BLA BLA
BLA BLA
......
EUH...
L'AUTRE JOUR, DIMANCHE... DEVANT LA GARE...
JE NE T'AI PAS REMERCIÉ D'AVOIR RAMASSÉ MES AFFAIRES...
ALORS... EUH...
MERCI BEAUCOUP...
HEIN ?
T'as fait tomber ça.
Maintenant que j'y pense, j'en ai un vague souvenir...
BOBOM

C'ÉTAIT ELLE, ALORS ?
TU M'AS VRAIMENT SAUVÉ LA VIE...
C'était ma B.A. du jour...
DE RIEN...
C'EST TOUT ? IL FAUT QUE J'Y AILLE.
A... ATTENDS !!
EUH...!
N... NON, C'EST PAS TOUT...
TAP...
ÇA VA PEUT-ÊTRE TE PARAÎTRE BIZARRE...
MAIS DEPUIS CE JOUR, JE M'INTÉRESSE BEAUCOUP À TOI...
JE ME DEMANDAIS SI TU ACCEPTERAIS...
QU'ON PASSE DU TEMPS EN-SEMBLE, EN TANT QU'AMIS...

BOBOM
ビクッ
HÉ ! QU'EST-CE QUE VOUS FAITES, VOUS DEUX ?!
!!
BON SANG !!!
TOUS LES ÉLÈVES DOIVENT SE RÉUNIR DANS LE HALL APRÈS AVOIR DÉPOSÉ LEURS BAGAGES !
DÉSOLÉE, TOTOKI-KUN...
À PLUS TARD.
PLUS TARD ...?
TAP
バ
TAP
バ
ÇA VEUT DIRE QUOI, ÇA ?
ELLE VEUT QUE JE SOIS SON AMI ?
MOI ??

Pardon ??
Le temps que ça monte au cerveau.
Ça veut dire quoi ?
Qu'est-ce qui vient de se passer, là ?
!?
!?
Ça veut dire quoi, «à plus tard» ?
TOTOKI !
!!
AH...
ON Y VA ?
ON VA ÊTRE EN RETARD.

Si ça se trouve...
Il a tout entendu ?
OUAAH...
C'EST JOLI...
BOBOM
BOBOM
.....
IL RÉAGIT COMME D'HABITU-DE... ENFIN, JE CROIS.
PEUT-ÊTRE QU'IL NE NOUS A PAS ENTENDUS, HIER...
TANT MIEUX...
JE PRÉFÈRE QU'IL NE LE SACHE PAS.
TOTOKI...
!!

QU'EST-CE QUI T'ARRIVE ?
ビクッ
BOBOM
R... RIEN !
RIEN DU TOUT !
AH BON ?
EN PLUS...
Y'A PAS GRAND-CHOSE À DIRE...
J'ai dit non...
HAA...
Les poissons sont jolis, hein ?
J'ai faim, d'un coup...
TOTOKI-KUN !!
DÉSO-LÉE POUR HIER !
ON A ÉTÉ INTERROM-PUS...
ARGH !!

La fille d'hier !
ON N'A PAS EU LE TEMPS DE BIEN DISCUTER, HIER...
MA COLOCATAIRE EST PARTIE DANS LA CHAMBRE DE SON COPAIN...
JE ME SENS UN PEU SEULE...
ÇA TE DIRAIT DE VENIR PASSER UN PEU DE TEMPS AVEC MOI, CE SOIR ?
HEIN ?
NON, JE...
HAA
はっ
....!
GRRRR...
ムス
.....
.....!?

Il me fait peur !!
BON, À CE SOIR, ALORS !
TREMBLE...
TREMBLE...
AH... EUH...
BOBOM
BOBOM
YOSHI-ZAWA... C'EST...
.....
TOTOKI...
BOBOM
ÇA TE DIT QU'ON FASSE UNE PAUSE POUR MAN-GER ?
!?
!?
Regarde, des méduses
C'est quoi, cette réaction ?

FLOUP
FLOUP
Pourquoi il ne dit rien ?!
SHHHH...
HAA...
SHHHH...
Après ça... Yoshizawa s'est comporté normalement...
QU'EST-CE QUE C'EST QUE CE BORDEL...
CROUIC
FUIP
IMPOSSIBLE QU'IL S'EN FICHE, POURTANT... SURTOUT VU LA TÊTE QU'IL FAISAIT.

IL FAUT QUE J'AILLE DIRE NON À CETTE FILLE...
SI JE FAIS ÇA DEMAIN, YOSHIZAWA VA ENCORE S'INQUIÉTER...
FROTTE...
IL FAUT QUE J'AILLE LA VOIR MAINTENANT...
.....
TCHAC
HÉ,
JE SORS UN PEU, OK ?
HM ?

.....
FLOUP
ギュッ
TU VAS OÙ ?
!?
YOSHIZAWA ?!
OÙ EST TANAKA ?!
BOBOM
J'AI ÉCHANGÉ AVEC LUI.
JE DORS ICI CE SOIR.
SAUF...
SI ÇA TE POSE UN PROBLÈME ?
QUOI..?
MOI OU UN AUTRE, C'EST PAREIL, NON ?

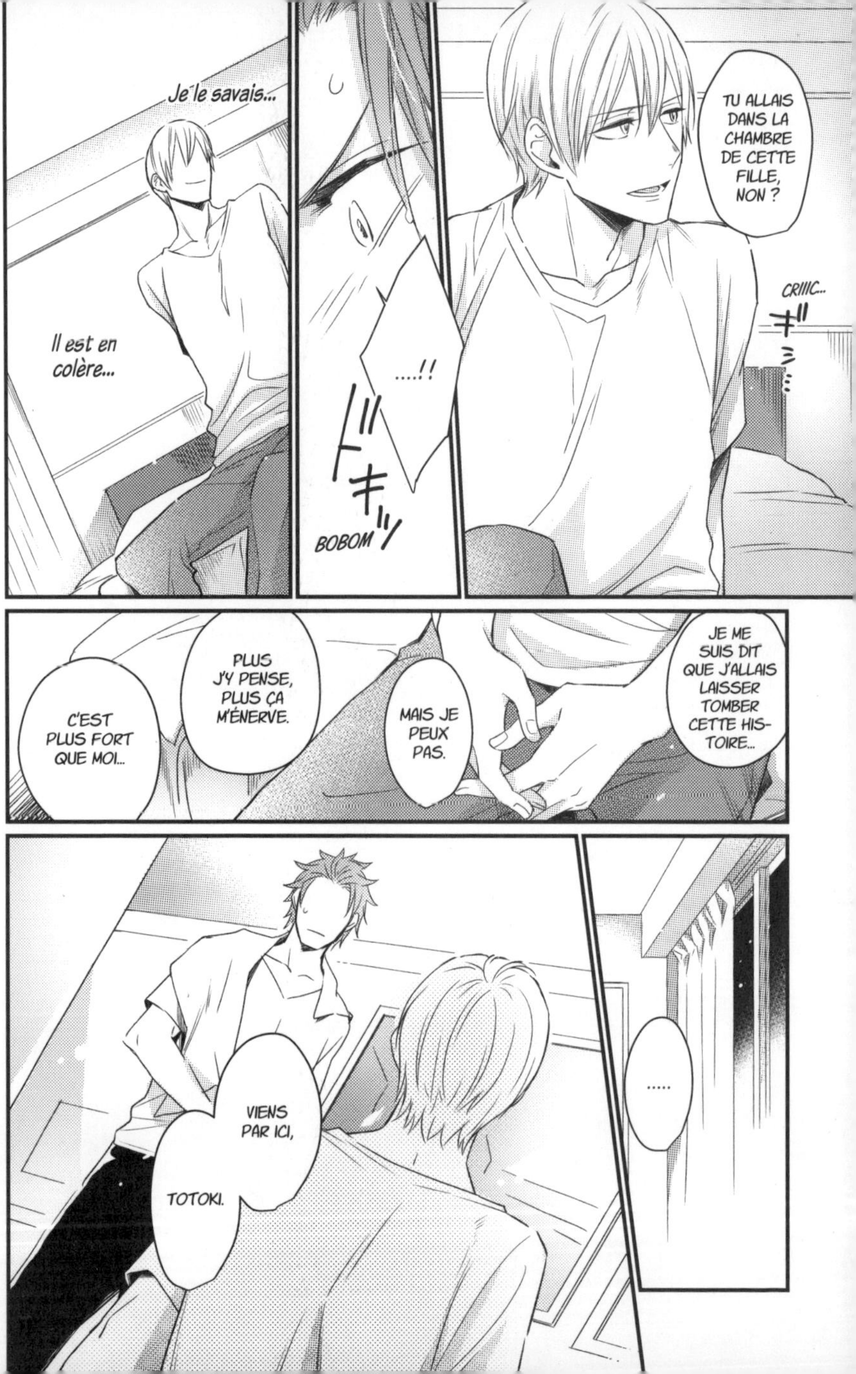
TU ALLAIS DANS LA CHAMBRE DE CETTE FILLE, NON ?
CRIIIC...
....!!
BOBOM
Je le savais...
Il est en colère...
JE ME SUIS DIT QUE J'ALLAIS LAISSER TOMBER CETTE HISTOIRE...
MAIS JE PEUX PAS.
PLUS J'Y PENSE, PLUS ÇA M'ÉNERVE.
C'EST PLUS FORT QUE MOI...
.....
VIENS PAR ICI,
TOTOKI.

.....
TAP
VIENS...
LAISSE-MOI TE TOUCHER.
GRIP
ぎゅう
CÂLIN...
!!
......!
POUR ÊTRE HONNÊTE, ÇA M'A VRAIMENT PERTURBÉ.
C'EST LA PREMIÈRE FOIS QUE JE RESSENS CE GENRE DE CHOSE.
EH...

TOTOKI...
ENLÈVE TES VÊTEMENTS.
ET GRIMPE SUR LE LIT.
HEIN...!?
ぶわっ
À QUOI TU PENSES, LÀ...
TU LE SAIS TRÈS BIEN.

DÉSOLÉ...
MAIS JE NE VAIS PAS TE LAISSER PARTIR.
MH...
HH...
CRIIC
ギシ
CRIIC
ギッ
SLURP
ちゅく
SLURP
ちゅっ…
HAA...
NNNH...
HH...

FUIP
SERRE...
ÇA A L'AIR DOULOUREUX...
FRISSON
HAA...
HAA...
CRIIIC...
TWITCH
JE TE VOIS TE CONTRACTER...
BOBOM
BOBOM
C'EST TA PUNITION...
POUR AVOIR VOULU ALLER VOIR CETTE FILLE EN CACHETTE.
HAA...
HAA...
C...
C'EST PAS...
HAA...
NE FAIS PAS TROP DE BRUIT, ON VA NOUS ENTENDRE.
HAA..
BISOU
BISOU
ENFIN, MOI ÇA M'EST ÉGAL...
CRIIC...
SI LES AUTRES SONT AU COURANT QU'ON SORT ENSEMBLE...
AH !
!?
Qu'est-ce que tu dis ?

POUF
とすん
JE BLAGUE.
ÇA SERAIT UN GROS PRO-BLÈME.
.....
HAA
DEPUIS HIER, JE NE PENSE QU'À DES TRUCS STU-PIDES...
SNIF
ÇA DOIT TE SURPRENDRE, NON ?
GRIP
....!
AH...
POUSSE...

....!
POUR-
QUOI...
HAA
TU T'IN-
QUIÈTES...
HAA
TREMBLE
....!
FLOUP...
FRISSON
AAH...!
WHAM
DAM
HAA...
AH...!
AH !
MMH...
PAF...
HAA...
BOBOM
AAH...
AH...!
BOBOM

T... TOTOKI... TA VOIX...
BOBOM
...
JE VOULAIS...
ALLER LA VOIR...
HIC...
POUR REFUSER...
Y'A...
FLOUP
QUE TOI...
TU ES LE SEUL...
HAA...
AVEC QUI...
BOBOM
HAA...
HAA...
BOBOM
J'AI ENVIE DE FAIRE CE GENRE DE CHOSES !
BOBOM
HAA...
HAA...
BOBOM

BIEN SÛR...
TU M'APPARTIENS, DE TOUTE FAÇON...
JE LE SAIS DÉJÀ.
BLUSH...
CONTINUE,
FLOUP
TOTOKI.
UHH...
WHAM
NHH...
PAF
HAA...
PAF
CRIIIC
HAA...
PAF
PAF
IIC
....!
AH...
CRIIIC
AH !
NNNH...
DAM
DAM
BOBOM
BOBOM
AAAH ...!!
PAF
PAF
WHAM

....!
BOBOM
AAAH...!!
SPLURT
TREMBLE...
DÉSOLÉ...
MERCI...
TOTOKI.
BROUHAHA
ざわ
BROUHAHA
ざわ
Y'A PAS
À DIRE...

LES VOYAGES, C'EST MIEUX QUAND ON EST RIEN QU'À DEUX.
OUAIS,
MAIS BON...
C'ÉTAIT SYMPA,
D'AVOIR PASSÉ DU TEMPS ENSEMBLE.
UN VOYAGE À DEUX...
LES SOURCES CHAUDES...
UNE CHAMBRE RIEN QU'À NOUS...
HEIN ?
TU VOIS PAS CE QUE JE VEUX DIRE ? T'ES VRAIMENT NAÏF...
AU FAIT, LA FILLE QUI T'AVAIT DRAGUÉ...
ELLE S'EST TROUVÉ UN NOUVEAU MEC.
JE COMPRENDS PAS LES FILLES !

Juste parce que je t'aime

CHAPITRE 4

CRIIC
ぎし
MMH...
TU AS PU AVANCER UN PEU DANS TES DEVOIRS ?
AH... UN PEU...
DÉSOLÉ, MAIS QUAND J'UTILISE MA TÊTE, ÇA ME DONNE ENVIE DE DORMIR...
YOSHIZAWA ?
JE M'EN VAIS PENDANT UNE MINUTE, ET TU T'ENDORS ? BRAVO !
C'EST PAS BIEN, ÇA !
AH, LÀ, IL FAUT QUE TU UTILISES UNE AUTRE FORMULE...
JE TE L'AI SURLIGNÉE AU MARQUEUR PAGE 35.
MMH...
Depuis quelques temps,
Après les cours, Yoshizawa m'aide à étudier.
Ah pardon, je me suis trompé...
C'est la page 25, en fait.

Quelques jours plus tôt...
CONVOQUÉ EN SALLE DES PROFS ?
PARCE QUE TES NOTES SONT EN DESSOUS DE LA MOYENNE ?
URGH...
ぐっ…
C'EST PAS SI GRAVE QUE ÇA...
JE COMMENÇAIS À M'INQUIÉTER...
DÉPRIMÉ...
すとん
T'AS PASSÉ UN SACRÉ MOMENT LÀ-BAS !
ELLES SONT VRAIMENT SI NULLES QUE ÇA, TES NOTES ?
Tiens, ton sandwich.
.....
GLOUPS...
AAH...
ÇA VEUT DIRE OUI, C'EST ÇA ?

POURTANT, TU VIENS TOUJOURS EN COURS, CES DERNIERS TEMPS...
OUI, MAIS JE DORS...
HÉ !
POURQUOI TU DORS ? DORS CHEZ TOI !!
HMMM...
.....
BON, ÉCOUTE, TOTOKI !
À PARTIR DE MAINTENANT, APRÈS LES COURS, ON VA FAIRE UN GROUPE DE RÉVISION !
!?
ET PUIS, ÇA FAIT UN BAIL QUE J'AI ENVIE DE VOIR À QUOI TU RESSEMBLES QUAND TU ÉTUDIES SÉRIEUSEMENT !
SMILE...
JUSQU'À L'EXAMEN BLANC, JE VAIS SURVEILLER ATTENTIVEMENT TES PROGRÈS !
HEIN ?
Un groupe de révision ?
COURAGE, TOTOKI !
Je ne sais pas pourquoi...

Mais ça avait l'air de l'enthousiasmer.
HMM...
TU AS BEAUCOUP DE DEVOIRS À FAIRE...
L'EXAMEN BLANC...
EST DANS UNE SEMAINE.
BON... DANS CE CAS, ON VA TROUVER UNE SOLUTION. NE PERDS PAS COURAGE, TOTOKI !
.....
ÇA NE T'INTÉRESSE PAS, D'AVOIR DES BONNES NOTES ?
PAS VRAIMENT...
JE ME DISAIS QUE J'ALLAIS ARRÊTER L'ÉCOLE ET TROUVER UN BOULOT TOUT BÊTE...
ÇA PARAISSAIT DÉBILE DE ME PRENDRE LA TÊTE SUR MES NOTES.

AVANT, TU VENAIS À L'ÉCOLE COUVERT DE BLESSURES...
TOUT LE MONDE DEVAIT S'IMAGINER DES CHOSES SUR TOI.
Surtout les profs.
C'EST PAS DE MA FAUTE... PARFOIS, JE TOMBAIS DANS LES ESCALIERS, OÙ JE ME CASSAIS LA GUEULE DANS LE CANIVEAU...
!!
HI HI HI HI HI HI HI
IL EST MORT DE RIRE...
C'était si drôle que ça, ce que j'ai dit ?
BON... À PARTIR DE MAINTENANT, IL VA FALLOIR FAIRE DES EFFORTS.
CETTE ÉPOQUE-LÀ EST TERMINÉE.
HEIN ?
HI HI !
くす
JE N'AI PAS ENVIE QUE TU REDOUBLES ET QUE JE DEVIENNE TON SEMPAI...
HI HI !
くす
ET JE N'AI PAS NON PLUS ENVIE QU'ON NE SOIT PLUS DANS LA MÊME CLASSE.
BLUUUSH...
AH LÀ LÀ... LA FAÇON DONT JE DIS ÇA, ON DIRAIT UN GAMIN CAPRICIEUX, MAIS BON...
BREF, LA RÉPONSE À LA QUESTION 6...
TOTOKI ?
AH !
....!!

De ce point de vue-là...
.....
Je n'ai pas le choix.
OOOH !
T'AS TROUVÉ LA MOTIVATION ?
SCRITCH
SCRITCH
SCRITCH
N'empêche...
Quand j'y pense, c'est vraiment étrange.
Je vis des jours tellement paisibles, en ce moment...

C'est vrai, avant, j'étais toujours impliqué dans des bagarres...
Je frappais, je me faisais frapper...
Les gens du lycée avaient peur de moi, je ne me sentais bien nulle part...
C'était rude.
À L'ÉPOQUE...
J'AVAIS VRAIMENT ENVIE DE QUITTER LE LYCÉE...
Et maintenant...
TU RENTRES, YOSHIZAWA ?

OUI. VOUS ALLEZ À VOTRE CLUB, VOUS ?
COURAGE !
C'EST RÉUNION, CE SOIR... ÇA FAIT CHIER !
Ces mecs...
ILS SONT DANS NOTRE CLASSE, JE CROIS...
À PLUS !
CLAC
OUAIS !
Je leur ai jamais parlé, mais bon.
TOTOKI !
STOP...
À DEMAIN !

Petit à petit, les choses changent.
À DEMAIN...
Sans que je ne m'en rende compte...
Ouais ! Faites attention à vous en rentrant !
Tu te prends pour notre père ?
Le lycée est devenu un endroit que j'apprécie.
BAM
BAM
BAM
BAM

BAM
MAMAN !!
Y'A UN PROBLÈME !!
TAKERU EST DANS SA CHAMBRE EN TRAIN D'ÉTUDIER !!
PANIQUE
PANIQUE
QUOI ?! C'EST VRAI ?! MAIS QU'EST-CE QU'IL A, EN CE MOMENT ?!
Quel boucan... .....
Pour pouvoir rester à ses côtés, j'ai essayé de changer...
Et j'essaie encore.
Mais ce n'est pas tout.

Je le fais aussi...
Parce que c'est agréable.

WOW...
IL COMMENCE À SE FAIRE TARD.
YOSHIZAWA A DES COURS DU SOIR, MAINTENANT...
Il devrait être sur le point de commencer, là.
Et puis...
十時用
Je t'ai créé un cahier d'exercices sur lesquels t'entraîner !
Tu pourras travailler chez toi !
IL EST MÊME ALLÉ JUSQUE LÀ...
HI HI...
FRANCHEMENT...
CE N'ÉTAIT PAS LA PEINE DE FAIRE TOUT ÇA...
TAP...

TAP...
TIENS TIENS...
ON T'A ENFIN TROUVÉ, TOTOKI-KUN !
TAP...
HEIN ?
ON TE CHERCHAIT.
T'AS TABASSÉ UN BON NOMBRE DE NOS POTES...
HU HU
HU HU
.....
GRIP...
ÇA RECOMMENCE...
IL FAUT VITE QUE JE ME DÉBARRASSE D'EUX.
TAP...
T'ENFUIS PAS, TOTOKI.

ON A ENTENDU DIRE QUE TU TE FAISAIS PASSER POUR UN TYPE BIEN..
QUE TU NE PROVOQUAIS PLUS DE BAGARRES, CE GENRE DE CHOSES.
MAIS...
APRÈS AVOIR TABASSÉ TOUS NOS POTES...
TU T'IMAGINAIS VRAIMENT QU'ON TE LAISSERAIT PARTIR SANS RIEN DIRE ?
TU N'AS PAS ENVIE QUE TON AMI SOIT IMPLIQUÉ LÀ-DEDANS, SI ?
STOP...
ON N'A PAS L'INTENTION DE TE LAISSER DISPARAÎTRE APRÈS TOUT CE QUE TU AS FAIT.

TU COMPRENDS CE QUE JE DIS, TOTOKI ?
SI T'ES VRAIMENT LE PLUS FORT DU QUARTIER...
IL VA FALLOIR NOUS LE PROUVER.

ON S'EST TOUS RASSEMBLÉS.
J'ESPÈRE BIEN...
QUE TU VIENDRAS NOUS DIRE BONJOUR ?
.....
OK !
T'AS TOUT BON !
Bravo, Totoki !

MÊME À LA MAISON, TU ÉTU- DIES, C'EST IMPRESSION- NANT !
FORCÉ- MENT, TU M'AS FAIT UN CAHIER...
C'EST VRAI...
LES MATIÈRES OÙ ON APPREND PAR CŒUR, TU AS L'AIR DE GÉRER.
MAINTENANT, LES MATHS...
.....
UN PROBLÈME ?
HEIN ?!
BOBOM
ギク
TU AS L'AIR SOUCIEUX.
NON, ÇA VA...

JE SUIS JUSTE FATIGUÉ.
LAISSE TOMBER.
.....
OK, SI TU LE DIS.
Il ne faut pas qu'il le sache.
Je ne veux surtout pas l'impliquer là-dedans.
.....

Gloups...
Tu ne sais vraiment pas mentir.
Ça se lit sur ton visage.
Il y a quelque chose dont tu ne veux pas me parler ?
Euh...
Bobom
Comment il fait ?
Serre...
Non, rien de spécial...

Il comprend toujours tout...
ÇA TE REGARDE PAS.
T'AS PAS BESOIN DE SAVOIR.
.....
TOTOKI...?
BOBOM
ギク
!!
FUIP
RECULE
FICHE-MOI LA PAIX, JE T'AI DIT !

.....
CLAC
D... DÉSOLÉ...
.....!
C'EST RIEN.
ON VA S'ARRÊTER LÀ POUR AUJOURD'HUI.
C'est ce qu'il y a de mieux à faire...

Après tout...
COMME ÇA, MAINTENANT, QUOI QU'IL ARRIVE...
JE N'AURAI PLUS PEUR DU PIRE.
C'est moi qui dois mettre fin à tout ça.
De toute façon, un jour ou l'autre...
J'avais l'intention de mettre un terme à ces conneries.
Je ne m'enfuirai plus.
Je sais ce que je dois faire...

Si je veux...
pouvoir rester à ses côtés.
HÉ...
QUOI ?
EMMENEZ-MOI VOIR VOTRE CHEF.

Juste parce que je t'aime

CHAPITRE 5

BROUHAHA
EH...
BROUHAHA
CE MEC LÀ-BAS, C'EST PAS TOTOKI ?
C'EST VRAI...
L'AMBIANCE A L'AIR TENDUE...
CES TYPES, ILS SONT DU LYCÉE N, NON ?
ILS ONT PAS L'AIR COMMODES...
C'EST CLAIR.
QU'EST-CE QU'ON FAIT ?
ON S'EN MÊLE...?

PLAF
CLAC
HH...
ROULE...
MMH...
IL REND MÊME PAS LES COUPS !
IL SE LAISSE FAIRE...
GRIP
JE SUIS DÉÇU.
HH...
PFFF...
CRIIC...
DEPUIS QUAND T'ES DEVENU AUSSI LÂCHE ?
PAF
GHH...

JE TE L'AI DIT...
HAA...
はぁ…
J'AI DÉCIDÉ...
DE NE PLUS ME BATTRE.
HAA...
はっ…
CONTINUEZ JUSQU'À ÊTRE SATISFAITS...
MAIS APRÈS, ON SERA QUITTES.
HA !
PUTAIN, MAIS IL EST MASO, CE MEC.
JUSQU'À CE QU'ON SOIT SATISFAITS, IL DIT...
QU'EST-CE QU'ON FAIT ?
À TON AVIS ?
TU LE SAIS TRÈS BIEN.

GRIP
HÉ, TOTOKI !
POUSSE
C'EST UN PEU TROP TARD POUR JOUER AU BON GARÇON.
T'AS VU TON REGARD ?
T'AS ENVIE DE NOUS FRAPPER, C'EST ÉCRIT SUR TON VISAGE.
LA FERME !
PAF
J'AI PAS ENVIE !
.....
POUR ÊTRE HONNÊTE...
NOUS NON PLUS, ON N'A PAS ENVIE D'UN SIMPLE PUNCHING-BALL.
WHAM...

CE QU'ON VEUT,
C'EST UN COMBAT À LA LOYALE AVEC TOI, TOTOKI.
TU COMPRENDS OU PAS ?
HÉ, REGARDE !!
BWAHAHAHA !
C'EST SON CAHIER !
IL FAIT GENTIMENT SES DEVOIRS, MAINTENANT !
FAIS VOIR.
AH !!
はっ
«POUR TOTOKI» ?
....!!

EH !
!
WHAM...
RENDEZ-MOI ÇA.
PARDON ?
C'EST JUSTE UN CAHIER...
H... HEIN ?
GRIP
RENDS-LE MOI !
GRRR...
IL A L'AIR IMPORTANT POUR TOI,
CE CAHIER...
SURSAUTE...

SCHRIIIC
GRRRR !
GRIP
!!
GHH !
SERRE...

CHUCHOTE
ぼそ
AH !
ÇA Y EST, IL PÈTE UN PLOMB.
HH...
Non...
HAA
STOP
ぴく
!
Qu'est-ce que je fais ?
HAA
Je ne suis pas venu pour ça.
Mais...
Je...
....!

Oui...
Tout ce que je veux...
C'est être avec lui...
LÂCHE...
!!
HEIN...?
KHOF !
DÉPÊCHEZ-VOUS D'EN FINIR.
J'AI PAS TOUT MON TEMPS, MOI.

C... C'EST QUOI, SON PROBLÈME...
BROUHAHA...
AH LÀ LÀ...
CLANG
カラン
OK, ÇA DEVIENT CHIANT.
PUISQUE TU VEUX TELLEMENT QU'ON TE FRAPPE, ON VA EXAUCER TES SOUHAITS.
CLANG
カッ
CLANG
カッ
CLANG
カッ
C'EST LA FIN,
TOTOKI.

Aah...
Faites ce que vous voulez.
Je pourrai le supporter.
C'est pas grand-chose...
TOTOKI !!
BOBOM
!?

C'est une blague ?!
Yoshizawa !
Qu'est-ce qu'il fiche ici ?!
AH...
N'AP-PROCHE PAS !
PAF
YOSHI-ZAWA !
WHAM

PAF !
CLAC
BON,
JE VAIS PASSER UN COUP DE TÉLÉPHONE.
VAS-Y, JE RESTE ICI.

.....
CRIIC...
.....
AH !
T'ES RÉVEILLÉ.
HINA ?
JE SUIS OÙ...?
CRIIC
À L'HÔPITAL, ÉVIDEMMENT !
MAMAN, TAKERU S'EST RÉVEILLÉ !
ENDORMI...
À L'HÔPI-TAL ?
AH !
POUR-QUOI...?

CLAC
On m'a frappé à la tête...
Qu'est-ce qui s'est passé, ensuite ?
Je m'en souviens pas...
TAKERU !!
TU ES DÉJÀ RÉVEILLÉ ?!
TU DOIS TE REPOSER !!
PLAF
WOW...
RENDORS-TOI !!
GHH !
JE VAIS PARLER AU DOCTEUR !!
TAP
TAP
HA HA HA...
MAMAN ÉTAIT SUPER INQUIÈTE.
.....
N'EMPÊCHE, TAKERU...
JE TE TROUVE TROP CLASSE !
T'AS ENCAISSÉ LES COUPS POUR PROTÉGER TON AMI !

QUOI...?
CRIIIC
MAMAN N'EN REVENAIT PAS.
LA POLICE L'A APPELÉE...
ÇA FAISAIT LONGTEMPS QUE TU T'ÉTAIS PLUS BATTU...
ALORS ELLE ÉTAIT DÉJÀ EN TRAIN DE SE DIRE QUE TU ALLAIS TE FAIRE VIRER DU LYCÉE...
ALORS QUAND ON A SU QUE C'ÉTAIT POUR SAUVER QUEL-QU'UN,
ÇA NOUS A VRAIMENT SURPRISES.
AT-TENDS...
DE QUI TU PARLES ?
HEIN ?
BEN, DE TON AMI !
LE TYPE TROP BEAU, CELUI QUI A L'AIR UN PEU MÉTIS !
....!!

YOSHI-ZAWA...
C'est vrai...
Il était là,
lui aussi...
....!
JE SAVAIS PAS QUE T'ÉTAIS AMI AVEC UN BEAU GOSSE COMME LUI !
LA PRO-CHAINE FOIS, INVITE-LE À LA...
OÙ EST YOSHIZAWA ?!
WHAM !
OUAAAH !
OÙ EST-IL ?!
IL EST SAIN ET SAUF ?!
EUH...

IL ÉTAIT LÉGÈREMENT BLESSÉ, MAIS RIEN DE GRAVE...
BOBOM
TU M'AS FAIT MAL !
IL EST TARD, ALORS ON LUI A DIT DE RENTRER CHEZ LUI...
QU'EST-CE QUI TE PREND ?!
POURQUOI TU RÉAGIS AUSSI VIOLEMMENT ?
....!
Blessé ?
Il a été blessé...
En voulant me protéger !!
ATTENDS !!
WHAM
CRIIC
TAKERU ?!

IL FAUT QUE TU TE REPOSES, C'EST IMPORTANT !!
CLAC
TAKERU !!
HAA…
HAA
Pourquoi…?
HAA…

Je voulais mettre fin à cette histoire tout seul...
Je ne voulais pas l'impliquer là-dedans...
Et voilà le résultat...!
!
HAA...

YOSHI-ZAWA !
!
TOTOKI...
T'AS L'AIR PLUTÔT EN FORME, POUR UN BLESSÉ.
....!!
JE VAIS TRÈS BIEN !
MAIS TOI...
POURQUOI T'ES ALLÉ LÀ-BAS ?!

POURQUOI ?
C'EST PLUTÔT À MOI DE TE DEMANDER ÇA.
POURQUOI TU ÉTAIS LÀ-BAS ?
QU'EST-CE QUE TU FAISAIS AVEC CES TYPES ?
STOP
!
.....
C'EST PAS LA MÊME CHOSE...

JE ME DISAIS QUE S'ILS ME FRAPPAIENT TOUT LEUR SOÛL...
APRÈS, TOUT SERAIT FINI...
SOUPIR...
.....
CE SONT NOS CAMARADES DE CLASSE QUI T'ONT APERÇU...
ILS M'ONT APPELÉ POUR ME PRÉVENIR.
ILS ONT AUSSI APPELÉ LA POLICE ET UNE AMBULANCE.
TU DEVRAIS LES REMERCIER.
RETOURNE À L'HÔPITAL.
BOBOM
JE N'AI PAS ENVIE DE TE PARLER POUR L'INSTANT.

....!
Il est en colère...
À cause de moi...
Il s'est retrouvé impliqué dans une bagarre qui ne le regardait pas...
Il a même été blessé.
Tout est de ma faute.
JE SUIS DÉSOLÉ...

JE NE VOULAIS PAS...
TE CAUSER DE PROBLÈMES...
JE RÉCOLTE CE QUE J'AI SEMÉ DANS MON PASSÉ...
C'EST POUR ÇA QU'IL FAL-LAIT QUE J'Y METTE FIN TOUT SEUL.
JE NE VOULAIS PAS T'IMPLIQUER LÀ-DEDANS...
C'était...
Ce que je me disais...
JE SUIS UN ABRUTI...

FINALEMENT, À CAUSE DE MOI...
PLOP
ボロ
PLOP
ボロ
TU AS ÉTÉ BLESSÉ...
Qu'est-ce qu'il faut que je fasse ?
Je ne veux pas qu'il m'en veuille...

Je veux...
rester à tes côtés.
......
GRIP
AH...
ÇA SUFFIT !
EST-CE QU'AU MOINS,
TU COMPRENDS POURQUOI JE SUIS EN COLÈRE ?

QUE TU TE BATTES AVEC D'AUTRES LYCÉENS,
OU MÊME MES BLESSURES, JE M'EN FICHE…
SI JE T'EN VEUX,
C'EST PARCE QUE TU AS PRÉFÉRÉ ME LE CACHER !
AH…
!
TU N'AS PAS BESOIN DE TOUJOURS AGIR SEUL !
SERRE…
….!

J'AIMERAIS BIEN QUE TU COMPTES UN PEU PLUS SUR MOI...
JE ME SENS SEUL, SINON...
Ah...
Je comprends.

Je continue...
à vivre ma vie comme si j'étais tout seul.
PARDON...
JE SUIS DÉSOLÉ...
FRUSTCH
LA PROCHAINE FOIS,
JE NE TE PARDONNERAI PAS AUSSI FACILEMENT !
!!
OK...

JE NE RECOMMENCERAI PLUS, PROMIS.
OOOH !

WHAM
BRAVO, TOTOKI !
TU AS RÉUSSI L'EXAMEN BLANC !!
!!
T... T'AS L'AIR DRÔLE-MENT CONTENT...
C'EST QU'UN EXAMEN BLANC...
NORMAL ! TU AS EU DE TRÈS BONNES NOTES !
LES EFFORTS QUE TU AS FOURNIS POUR EN ARRIVER LÀ SONT IMPRES-SIONNANTS !!
SMILE
POUR TE FÉLICITER, JE T'OFFRE UNE RÉCOMPENSE.
QUOI...?
QU'EST-CE QUE TU VOUDRAIS ?
IL Y A QUELQUE CHOSE DONT TU AURAIS ENVIE ?
HMMM...
QUELQUE CHOSE QUE TU VOUDRAIS FAIRE ?

UNE FÊTE ?!
ON POURRAIT INVITER LES GENS DE LA CLASSE !!
EUH... NON MERCI...
J'ARRIVE PAS À TROUVER...
HMMM...
.....
T'INQUIÈTE PAS POUR ÇA.
!
MOI, TANT QUE TU ES LÀ, JE N'AI BESOIN DE RIEN D'AUTRE.

QUELLE SINCÉRITÉ...
HEIN ?
NON, RIEN...
JE ME DISAIS JUSTE QUE J'ÉTAIS VRAIMENT DINGUE DE TOI.
FIN

HÉ, TU PEUX TE LEVER ?
QUELLE BLES-SURE...
TU VEUX QUE JE TE LA SOIGNE ?
Je ne sais plus quand c'était...
Mais la première fois que je lui ai parlé...
Il avait l'air d'être au bord des larmes.

TOTOKI ?
HONNÊTEMENT, IL FAIT PEUR...
IL A TOUJOURS L'AIR DE MAUVAISE HUMEUR, ET QUAND ON L'APPROCHE, IL NOUS JETTE UN REGARD NOIR...
IL PARAÎT QU'IL SE BAT TOUJOURS AVEC DES TYPES D'AUTRES LYCÉES.
OUAIS, D'AILLEURS, L'AUTRE FOIS...
.....
AU FINAL...
PERSONNE N'A JAMAIS ESSAYÉ DE DISCUTER AVEC LUI.
AH...
C'est vrai qu'il a un regard noir...
JE NE SAIS MÊME PAS S'IL VA ME RÉPONDRE...
ÇA VA MIEUX, TA BLESSURE ?
.....

Bah, tant pis...
BON, À DEMAIN...
...YOSHI-ZAWA !
EUH...
L'AUTRE JOUR...
EUH...
DE RIEN.
!?
BOBOM
BOBOM
TU ESSAYAIS DE ME REMERCIER, NON ?
OH...
La tête qu'il fait, là en ce moment...
Je suis sûr que personne d'autre au lycée ne l'a jamais vue.

La curiosité ...
L'intérêt ...
Ça a commencé par ça...
Il n'a pas fallu longtemps pour que ça devienne plus sérieux.
ET MAINTENANT...
J'AI L'IMPRESSION D'ÊTRE COMPLÈTE-MENT ACCRO...
HAAA...
YOSHIZAWA...
TU RÉFLÉCHIS TROP...
ARRÊTE.
FAIT CHAUD...
FUIP
OUAH...
TROP SEXY...
!!
PARDON, PARDON.
MAIS J'ÉTAIS EN TRAIN DE PENSER À TOI, TOTOKI.
....?

.....
PLAF
DÉTENDS-TOI...
JE VAIS Y ALLER DOUCEMENT.
FLOUP...
BOBOM
AH...!
AH !
DAM
AAH...
DAM
ÇA FAIT PAS MAL ?
TREMBLE...
.....
HI HI...
OK...
Plus ça vient...
Et plus j'en veux...
JE ME DEMANDE SI ÇA S'ARRÊTERA UN JOUR...

Postface

Merci beaucoup d'avoir acheté «Juste parce que je t'aime». Au début, ce n'était qu'une histoire à chapitre unique, mais on m'a permis d'en faire un tome entier, et j'en suis très heureuse !!
J'espère que leur histoire vous a plu.
Merci beaucoup à mon responsable et à tous ceux qui m'ont accompagnée dans la publication de ce manga !

Honoji Tokita

Juste parce que je t'aime

Hana COLLECTION

www.boys-loves.fr

Traduit du japonais par : Laurie Asin
Maquette : Justine Mouron
Responsable Editorial & Production : Anthony Graci
Remerciements à Aurélie Valognes

Dépot légal : Décembre 2018
ISBN 978-2-36877-640-7

Imprimé par GZ Digital Media as

Egalement disponible
dans la collection Hana...

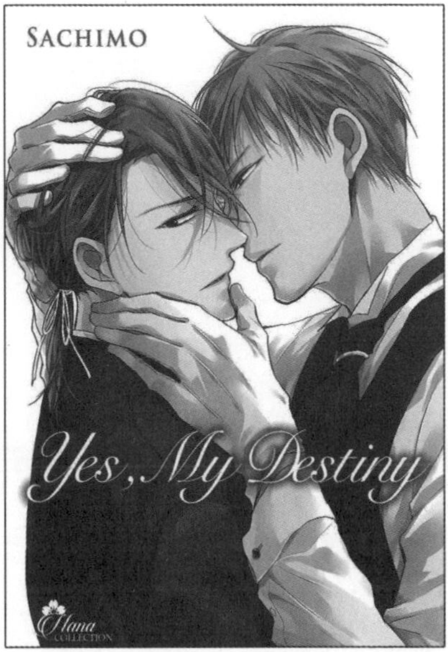

Dans un monde où alphas, bêtas et omegas commencent tout juste à cesser d'être séparés par castes, Aoi est l'héritier d'un riche clan d'alphas. Mais Aoi est né avec une double malédiction : il est omega, et il a trouvé son âme soeur en la personne de Saionji Jirô, alpha et aîné d'une autre riche famille. Renonçant à son héritage à cause de sa nature, Aoi se fait embaucher comme apprenti chez Jirô, afin de tester le lien qui les unis et d'apprendre à vivre, fier et indépendant, malgré son statut d'omega. Secondés par deux majordomes au caractère bien trempé, Aoi et Jirô devront faire face à leur destin.

Entrez dans un monde où majordomes sexy, pulsions incontrôlables et drame romantique se mêlent, pour le meilleur ou pour le pire…

Un manga de ***SACHIMO***

Genre : Yaoi - Romance - Drame - Omegaverse

Série en 2 tomes

Majordomes dans la famille Saionji, Miyauchi (bêta) et son chef Kudô (alpha) sont plus que des sex-friends, mais ils ne sont pas en couple. Kudô éprouve un profond amour envers Miyauchi, mais celui-ci, à cause de son statut de bêta, combat ses propres sentiments. Jusqu'au jour où la pire crainte de Miyauchi se réalise lorsqu'ils font la connaissance d'un oméga nommé Hajime… l'âme sœur de Kudô.

Un scientifique fou, un jeune homme mystérieux…
Découvrez de nouveaux personnages dans Answer, le spin-off passionnant de Yes, My Destiny !

Un manga de ***SACHIMO***

Genre : Yaoi - Romance - Drame - Omegaverse

Série en 2 tomes

Hana Yaoi

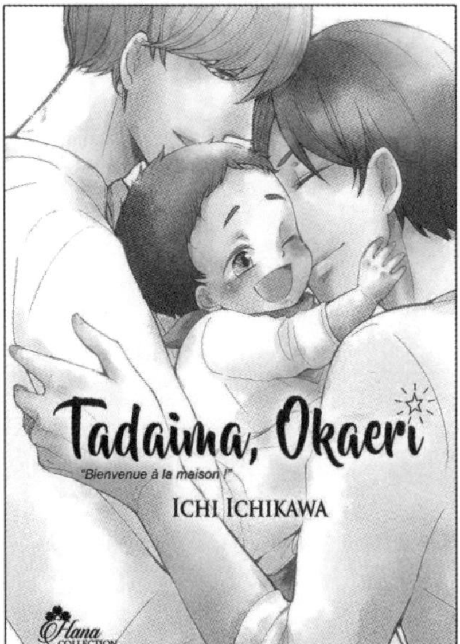

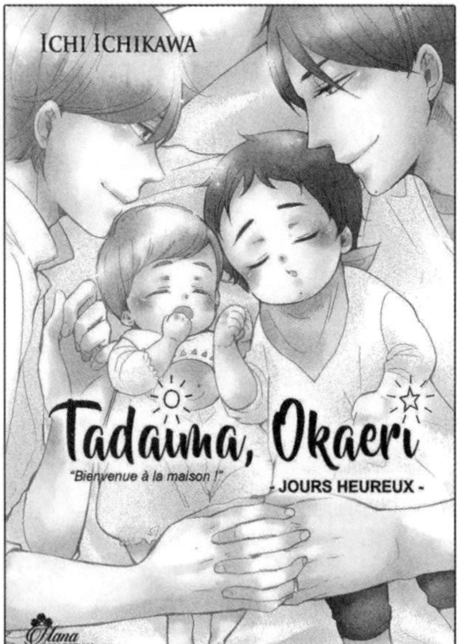

Bienvenue dans le monde de Tadaima, Okaeri, où il existe trois types de personnes : alpha, bêta et omega. Dans cette société pleine de préjugés, l'homoparentalité est difficilement acceptée, mais plus encore, la liaison amoureuse entre les différents types d'êtres humains.

Hiromu, alpha, et Masaki, omega, allant à l'encontre de l'ordre établi, se sont mariés et ont eu un enfant. Heureusement, ce petit bout de chou fait fondre la terre entière, et il devient rapidement leur raison de vivre et d'avancer.

Suivez le quotidien de cette petite famille attachante, débordant d'entrain et d'amour !

Découvrez l'omegaverse dans sa dimension la plus adorable avec Tadaima, Okaeri, où l'amour d'un enfant résout tous les problèmes...

Un manga de ***Ichikawa Ichi***

Genre : Yaoi - Romance - Quotidien - Omegaverse

Série en 3 tomes

Hana Yaoi

Suzuhara, étudiant à l'université, est gay et passe ses journées à essayer de le cacher aux autres. Il a néanmoins un ami, Nakayama, qui est au courant de son orientation sexuelle et avec qui il peut rester lui-même. Le problème, c'est qu'il a fini par en tomber amoureux. Un jour ce fameux Nakayama lui demande s'il ne pourrait pas emprunter son appartement pour voir sa petite amie car il n'a pas les moyens de payer un Love Hotel. Tout en sachant pertinemment que c'est une requête assez étrange, Suzuhara accepte, persuadé que c'est ce que quelqu'un de « normal » ferait. Un évènement en entraînant un autre, Suzuhara finit par coucher avec Nishino, son voisin de palier qu'il connaît à peine. Nishino, réputé pour sauter sur à peu près toutes les filles qu'il croise, ne s'offusque pas plus que ça du fait que Suzuhara soit un garçon, tant qu'il peut satisfaire ses désirs sexuels. Si au départ leur relation était censée être purement physique, Nishino commence petit à petit à se rapprocher de son voisin et à en vouloir davantage...

Un manga de ***Michinoku Atami***

Genre : Yaoi - Romance - Quotidien

One shot

Incontestablement considéré comme l'un des meilleurs mangas BL de cette dernière décennie, Nakamura Asumiko fut élue meilleure auteur et ses personnages, Hikaru et Rihito, furent aussi respectivement élus meilleur sème et meilleur uke.

Doukyusei - Serie vol.1

Hikaru est élève dans un lycée privé pour garçon. En cours de musique, sa classe se prépare pour une chorale qui aura lieu dans quelques mois. Pour Hikaru qui fait partie d'un groupe, la tâche est plutôt aisée. Mais quand il réalise aux répétitions que Rihito – un discret et intelligent camarade de classe – ne chante pas, cela l'intrigue et lui propose alors de l'entrainer. Mais tandis qu'ils passent de plus en plus de temps ensemble, Hikaru réalise à contre-coeur que les efforts de Rihito sont pour Harasen, leur professeur de musique.

Sotsugyosei - Serie vol.2

Sajô et Kusakabe, que tout sépare pourtant, sortent toujours ensemble. En pleines révisions, Sajô est cependant confronté aux affres de l'amour : jalousie, questions, projets d'avenir dont Kusakabe n'ose pas lui parler. Entre ses préparatifs pour entrer à l'université et les maladresses de son petit ami, l'élève modèle ne sait plus où donner de la tête. Sans parler de Monsieur Hara, qui insiste pour veiller sur lui d'une façon plus qu'ambiguë. Sajô n'est pas au bout de ses peines, car la situation ne fait qu'empirer…

Sotsugyosei - Serie vol.3

Entre ses révisions et sa mère malade, Sajô accumule la fatigue malgré le soutien de Monsieur Hara, qui supporte tant bien que mal son rejet, et les nombreuses attentions de Kusakabe. Lorsque celui-ci est présenté à la mère de Sajô, il réalise que c'est un pas de plus vers une vie d'adulte qu'il commence à redouter : si ce diplôme tant attendu leur ouvre les portes vers l'avenir, il est aussi synonyme de séparation…

Un manga de ***ASUMIKO NAKAMURA***
Genre : Comédie - Tranche de vie - Yaoi

Série en 3 tomes

Hana Yaoi

Succombez au charme graphique particulier et enivrant de Zakk, et plongez dans l'histoire atypique et saisissante de Canis, où l'auteur a su brillamment mêler l'univers de la mode et celui de la mafia New Yorkaise.

Canis - Dear Mr. Rain

Chapelier à la renommée internationale malgré son jeune âge, Satoru Kutsuna se contente de travailler dans son humble boutique, loin des projecteurs des défilés. Trop exigeant envers ses salariés, il se retrouve à devoir trouver pour le lendemain un nouvel employé en vue d'un gros évènement. En rentrant chez lui désespéré de n'avoir trouvé personne, il tombe sur Ryou Kashiba, un jeune homme gisant inconscient sous la pluie et le froid, qu'il décide de ramener chez lui.

Canis - Dear Hatter vol.1

Gotou, ami et rival de longue date de Satoru, a inscrit ce dernier pour participer à la prochaine fashion week de New York. Un coup monté avec néanmoins l'espoir qu'il se surpasse pour enfin sortir de l'ombre et redevenir le célèbre chapelier qu'il était 4 ans auparavant. Tandis que Satoru combat ses démons intérieurs en prévision du grand show, Ryou tente d'oublier son passé au sein de la mafia pour commencer sa nouvelle vie aux côtés de son bienfaiteur.

Canis - Dear Hatter vol.2

Déterminé à rester à New York afin de pourchasser les fantômes de son passé, Ryou décide de faire ses adieux à Satoru. Ce dernier, rentré seul au Japon, se retrouve ainsi confronté à son solitaire et pesant quotidien d'artiste en vogue. Mais alors qu'il commence enfin à réaliser ses sentiments envers Ryou, Gotô lui fait une proposition inespérée : Faire partie de sa toute nouvelle marque réunissant les meilleurs chapeliers du monde, et ainsi assister à l'ouverture de sa boutique phare située à... New York !

Un manga de ***ZAKK***
Genre : Drame - Tranche de vie - Yaoi

Série en 3 tomes

Hana Yaoi

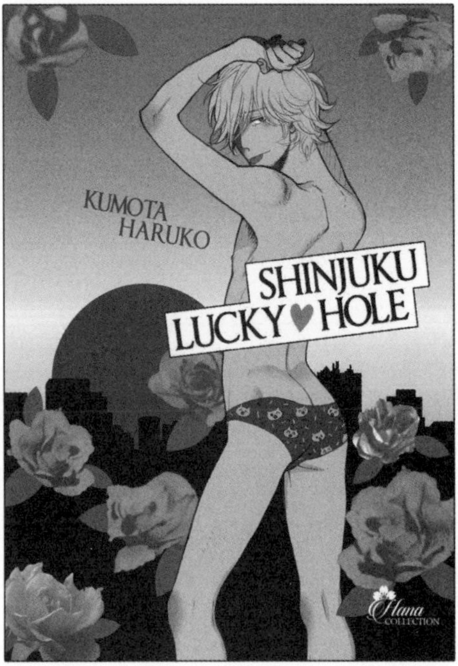

Résumé :

Kumi signifie « amertume ». Un nom bien peu engageant pour un acteur de porno gay, devenu producteur après sa retraite. Pourtant, Kumi est tout l'inverse de son prénom : gentil, distrait, enjoué, et passionnément amoureux d'un ex-yakuza ronchon qui ne lui a jamais rendu la vie facile. Dans son bureau se déroulent les scènes les plus improbables et défilent les personnages aux profils les plus étonnants… Entrez dans l'univers décomplexé de Shinjuku Lucky Hole, où sexe et amour se suivent, mais ne se ressemblent pas ! Découvrez le monde du porno gay, sans tabous ni complexes, dans ce one-shot sexy et rafraîchissant !

Un manga de **KUMOTA HARUKO**
Genre : Yaoi - Comédie - Tranche de vie

One shot

Hana Yaoi

Résumé :

Momose est un lycéen introverti qui ne porte que peu d'intérêt aux autres. Jusqu'au jour où il croise un jeune travesti dans le très vivant quartier de Shibuya. Pour lui il n'y a pas de doute, il s'agit de son camarade de classe Yashiro. Pourtant ce dernier fait partie du groupe le plus cool de la classe et ne semble pas du tout être du genre à se travestir, et encore moins à être homo. S'agit-il vraiment de la même personne ? Et si c'est le cas, que pouvait bien faire Yashiro à attendre dans la rue dans cette tenue ? En tout cas une chose est sûre, Momose ne peut plus penser à autre chose et il est bien déterminé à découvrir son secret.

Un manga de ***HIDEYOSHICO***
Genre : Yaoi - Comédie - Tranche de vie

One shot

L'ETRANGER DU ZEPHYR

L'ETRANGER DE LA PLAGE
Tome 0

Tome 1

Tome 2

Résumé :

Shun Hashimoto, gay, est écrivain en herbe, tandis que Mio Chibana est un lycéen mélancolique passant son temps à regarder la mer. Ils se sont rencontrés il y a de cela trois ans, sur la plage d'une petite île isolée d'Okinawa. Plus les jours passaient, plus les deux jeunes hommes se rapprochaient. Cependant, Mio ne tarde pas à devoir quitter l'île, et lorsqu'il y revient après trois longues année de réflexion, il se rend directement chez Shun pour lui avouer qu'il l'aime. Mais de son côté, le jeune écrivain a bien du mal à faire les premiers pas vers une relation amoureuse…

Un manga de **KII KANNA**
Genre : Yaoi - Comédie - Tranche de vie

4 volumes disponibles - Série en cours

L'ETRANGER DU ZÉPHYR TOME 3

Résumé :

Lors de la journée portes-ouvertes à l'école primaire de Fumi, Shun et Mio tombent par hasard sur Wada, un ancien camarade de classe pour qui Shun avait des sentiments. Si ce dernier ne semble pas très emballé par ces retrouvailles, c'est loin d'être le cas de Mio. Le courant passe bien avec Wada et les deux jeunes hommes se retrouvent régulièrement pour discuter autour d'une tasse de thé. De son côté, le jeune écrivain sort un nouveau roman qui fait un véritable tabac ! Seule ombre au tableau : les journalistes ne lâchent plus sa famille d'une semelle, à l'affût du moindre détail croustillant sur sa vie privée !

Résumé :

Dans le milieu de la mode, à Paris, les femmes les plus élégantes n'ont plus qu'un seul nom à la bouche : Abalkin. Mais derrière le charismatique PDG de cette entreprise se cache un lourd secret. Youri, jeune patron, n'hésite pas à se servir de son physique androgyne et à coucher avec les bonnes personnes pour élargir sa clientèle. Mais en réalité, ce n'est pas pour lui qu'il le fait. Tout ce qu'il souhaite, c'est réaliser le rêve d'Adam, le véritable designer d'Abalkin, qui travaille dans l'ombre depuis des années. Youri a parfaitement conscience d'être manipulé, mais il serait prêt à tout pour le garder à ses côtés...

Un manga de **CHISE OGAWA**

Genre : Yaoi - Romance - Drame

One shot